Undine Leverkuehn

Gedichte
in verschiedenen Schattierungen

Gedankenlyrik, Humoreske,
Knobelei im Vers-Mantel

Impressum:
© 2017 Undine Leverkuehn

Illustrationen: www.pixabay.com
Layout Buchblock und Umschlag:
Angelika Fleckenstein; spotsrock.de

Verlag: tredition GmbH, Hamburg

ISBN Taschenbuch: 978-3-7439-4652-1
ISBN Hardcover: 978-3-7439-4653-8
ISBN eBook: 978-3-7439-4654-5

Das Werk, einschließlich seiner Teile, ist urheberrechtlich geschützt. Jede Verwertung ist ohne Zustimmung des Verlages und des Autors unzulässig. Dies gilt insbesondere für die elektronische oder sonstige Vervielfältigung, Übersetzung, Verbreitung und öffentliche Zugänglichmachung.
Bibliografische Information der Deutschen Nationalbibliothek: Die Deutsche Nationalbibliothek verzeichnet diese Publikation in der Deutschen Nationalbibliografie; detaillierte bibliografische Daten sind im Internet über http://dnb.d-nb.de abrufbar.

Undine Leverkuehn

Gedichte

in verschiedenen Schattierungen

Gedankenlyrik, Humoreske,
Knobelei im Vers-Mantel

Übersicht

	Seite
Gedankenlyrik	11
Reflexion, Kritik und Läster-Ei	
Gedichte	31
um die Jahreswende	
Der Witz	61
im stolzen Metrum-Sitz	
Kopf-Nüsse	105
Zahlenrätsel	
Pythagoreische Zahlentripel	
Literaturverzeichnis	133

Inhaltsverzeichnis

Übersicht	5
Spätprodukt	12
Medien	13
Werbung nach der Jahrtausendwende	14
Mediale Fluchtpunkte	15
Jenseits des Geschmacks	16
Spätfolgen der Sechziger	17
Individualismus pur	18
An den Kontaktmuffel	19
Kleiner Rat	19
Ohne moralischen Wert	20
Die moralische Leistung	21
Handeln aus Pflicht	22
Nicht frei von Konsequenzen	23
Post-analytische Schübe	24
Welt-Wanderer	25
Fluchtpunktperspektive	26
Jenseits der Strenge	26
Nicht ausweglos	27
Weisung	27
Planet der Wandlung	28
Abwege	29
Ars vivendi	29
Quelle der Kraft	30
Wintersonnenwende	32
Rück-Bindung	33
Zur Jahreswende	34
Grenzgänge	35
Ein umwerfendes Geschenk	36
Prosit!	38

Jenseits der Verfügbarkeit	40
Zwischen den Welten	41
Versteckspiel	42
Kontra hominem ex machina	43
Mens et vita	43
Jenseits des Fassbaren	44
Poesie	45
‚Kontra'	46
Januar	47
Computer-Schach	48
Enthemmter Optimismus	49
Geworfen sein	50
Im Zeitenspiegel	51
Jenseits der Spiegelung	52
Endhirnprodukte	53
Verfremdung	54
Kritikbedürftig	55
Das Relikt	56
Aliter	57
Ferne	58
Auf Astronauten-Trip	59
Blick in die Zeit	60
Der Eignungstest	62
Die Schlussfolgerung	64
Sofort-Diagnose	66
Die nicht eindeutige Frage	67
Die Frage aus der Chef-Etage	68
Das Bewerbungsgespräch	69
Beim Vorstellungsgespräch	70
Mit offenen Karten	72
Trick aus der Chef-Etage	73
Die fürsorgliche Einschränkung	74

Um eine Antwort nicht verlegen	75
Der umsichtige Sekretär	76
Der Stellenwechsel	77
Himmel und Hölle	78
Nicht limitierte Steigerung	80
Die erfolgreiche Strategie	82
Mit reinem Gewissen	84
Die Quizfrage	85
Einbruch mit Hindernissen	86
Der Kamerad	88
Wie das Leben so spielt	89
Paradiesische Erinnerungen	90
Der Rückzug	91
Peinlich	92
Die berechtigte Frage	94
Die Anzeige	95
Wie kann man da nur fragen!	96
Small Talk	97
Die drei Wale	98
Die Verkehrskontrolle	99
Der Musikstudent	100
Die Einladung	106
Der Mann ohne Zahlen-Gedächtnis	109
Ein musikalisches Zahlenrätsel	111
Musik und Zahl – Nüsse zum Dessert	112
Pythagoreische Zahlentripel	113
Zum Einstieg	115
Tripel-Rätsel	116
‚Getripelte' Knobeleien	117
Für Knobler und Denker	120
‚Die Kopfnuss'	122
Die Kopfnuss mit Nachschlag	123

‚Die Super-Nuss'	125
Die Super-Nuss mit Nachschlag	127
Die Super-Nuss für Unentwegte	128
Lösungen	130
Literaturverzeichnis	133

Gedankenlyrik

Reflexion, Kritik
und Läster-Ei

Spätprodukt

Opfer deiner Großhirnrinde –
lässig spielend, einem Kinde
gleich, dem Schachbrett dieser Welt. –

Trendy – wer was auf sich hält,
wer Gewinne leicht erzielt,
pokert, wettet, würfelt, spielt
und den Preis nach oben treibt. –

Was dem Hirn so einverleibt:
Isocortex, Spätprodukt,
analytisches Konstrukt,
ignoriert, woher wir kommen. –

Heimlich reagiert beklommen
rückverweisend – unbequem –
unser limbisches System.

Medien

Kein ZDF, kein ARD

bereitet nachmittags zum Tee
dir angenehme Mußestunden –
es sei denn, du ergreifst den Ball,
den man dir zuspielt. Was gesunden
will, gleicht sich an –
und **digital**
ist heutzutag der Dauer-Hit. –

Manch Neunzigjähriger ist fit.
Um seine Fitness zu bekunden,
beordert er mit viel Tamtam –
sei es bei Schneesturm, bei Gewitter –
schlussendlich seinen
Oldie-Sitter
beim siebzehnhundertsten Programm.

Werbung nach der Jahrtausendwende

In so manchem Oberstübchen
tutet es mit tausend Hübchen;
jedes Puzzi hat das Sagen,
wenn die Wogen Wellen schlagen.
Fraun mutieren zu Hyänen,
lassen sich's gewiss nicht nehmen,
wenn der Weltmarkt sie verwirrt –
zur ‚Erneuerung' verführt
und Fassaden präsentiert.

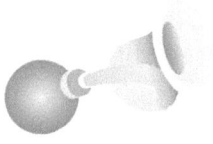

Mediale Fluchtpunkte

Ach, wie dreist durch Worte lügen
kann ein jeder, der die Kunst
beherrscht, die Mimik zu besiegen,
sich aus innrer Regung Dunst-
Kreis flink und flüchtig zu bewegen. –
Irrung, Trug und Täuschung prägen
gar die Kommunikation,
die – fern vom lebendigen Ton
da verschlüsselt – anonym –
Jugendträume zum Erblühen
bringt. – Jenseits des Personalen
ermächtigen des Trugbilds Qualen
sich mancher Scheinkontakte, flimmern
über Monitore, wimmern,
versanden zu Verlust und Leid
und brüsten sich am Zahn der Zeit.

Jenseits des Geschmacks

Bei Alt, bei Jung, bei Groß und Klein:
es reguliert der Dinge Schein
oft das, als was sie gelten. –

Doch ohne dies zu hinterfragen,
lässt man sich leicht
ins Bockshorn jagen. –
Wenn ohne Schimpf und Schelten
man flugs in die Zitrone beißt
und den Geschmack willkommen heißt
und doch dabei im Stillen
die Miene wider Willen
verzieht, den sauren Beigeschmack
die Mimik offen an den Tag
befördert, denkt der kluge Bauer:

Zitronen freilich schmecken sauer. –
Doch weiß ich wohl als alter Hase:
Hinter manch Saurem steckt die Base.

Spätfolgen der Sechziger

Ach, wer könnt es nicht beklagen –
jenes große Unbehagen
der Kultur, die uns belastet. –
Wer unterm Joch der Bravheit fastet,
verzichtet – gänzlich im Gebaren
dem Es entfremdet – wird nach Jahren
heldenmütiger Verneinung
Meister der Entsagung sein.

Wir haben damit aufgeräumt,
beglückt durch das, wovon man träumt.
Wir kennen weder Pflicht noch Fessel –
und keiner setzt sich in die Nessel.
Vom Zwange frei das Leben,
das uns jetzt beschieden;
schau dich nur um –
wir sind ja so zufrieden!

Individualismus pur

Der Mensch ist frei – auf seinem eignen Stern –
den Fremdeinflüssen ach so fern,
will, seinen Prägungen entronnen,
sich ganz in seinem Glanze sonnen. –
Denn lediglich das, was er wählt,
macht ihn zum Menschen – und so zählt
der Einfluss nicht, der motiviert,
erworbne Tugend, die da ziert,
gestyltes Laufwerk nicht noch Haxen,
die nicht auf seinem Mist gewachsen. –

Man frage hier ganz ungezügelt:
Was hat ihn zu der Wahl beflügelt?

An den Kontaktmuffel

Wem's nicht gelingt bei Fremden zu schellen,
die eigne Gesinnung in Frage zu stellen,
den Gammler – verlottert nach Hörensagen –
zu grüßen, nach seinem Befinden zu fragen,
wer sich der Öffnung der Räume nicht schenkt,
tritt auf der Stelle, frustriert und beschränkt.

Kleiner Rat

Wenn einer dir zuvorgekommen,
den du zuvor nicht wahrgenommen,
entarte keinesfalls zum Spießer
und spiele nicht den Besserwisser. –
Erkenn sie an, die kleine Schlappe,
zuvorkommend, verleih ihr Farbe
und präsentiere sie als Habe,
als letztlich untrügliche
Gabe.

Ohne moralischen Wert

Wenn dir die Sonne heller lacht
als jenen, die dein Umfeld mitbewohnen,
wenn sich dein Außenbild mit Macht
zu respektablem, würdevollem
Thronen
entpuppt, fließt schon der Spruch
aus goldenem Wein:
es ist so leicht ein guter Mensch zu sein.

Die moralische Leistung

Wenn dein Leben dir auch dunkel,
ohne Licht und Glanz erscheint
und fern dem Fest, fern dem
Gefunkel
glückhaften Rausches in dir weint,
was dich vom Leben trennt, versuch
gebrochne Glut, die dich verneint,
dem bisher ungeschriebnen Buch
der Innenseite zuzulenken. –

Und wenn du dich zur Tat erdreistest
anderer Schicksal zu bedenken,
dann hast du viel geleistet.

Handeln aus Pflicht

Handeln ‚aus Pflicht' – welch große Worte –
welch große Aufgabe – die Pforte
der Tugend-Weihe zu entriegeln! –
Sie bleibt ein Buch mit sieben Siegeln
all jenen, die das Glück gepachtet,
gerühmt, gefeiert und beachtet,
erfolgsgeschwängert Kreise ziehn. –
In tugendhaftem Eifer fliehn
die Menschen guten Willens aus
dem Sumpf der Neigung in ihr Haus –
ein Eckstein des Verzichts, der Strenge –
doch leider auch der Herzensenge.

Nicht frei von Konsequenzen

Wenn selbst gewählte Last im Leben –
und sei's aus Gründen, weltanschaulich,
präferiert wird, wenn so das Bestreben
so ganz im Jenseits des Erbaulichen,
in der Auseinandersetzung
mit geschärften Dissonanzen
Härte, Bitterkeit, Verletzung
erfahren lässt, wirst du
versiegte Quellen
alter Entscheidungen in Frage stellen –
und du erfährst am lebensnahen Fall:
nicht frei von Konsequenzen
bleibt die Wahl.

Post-analytische Schübe

Ja, es sind die Aggressionen,
die sich auszuleben lohnen,
dass der Mensch so richtig frei,
Inbegriff des Lasters sei,
das einstmals der Kulturprozess
ihm ausgetrieben. – Im Exzess
gerät er tobend schon in Fahrt
und landet bald als Psychopath.

Welt-Wanderer

So mancher spitze Stein im Weg –
er wird zum deutlichen Beleg
dafür, dass sich dein
Lebensraum
erstreckt auf die Gefahrenzone. –

Aus der Ursprünglichkeit entlassen,
erhebst du dich von deinem Throne
und fliehst vor der Erkenntnis Baum,
durchstreifst den Wald, die Flur,
die Gassen,
erfährst, dass du – mit Wendigkeit
und List
gesegnet – der Natur entfremdet bist.

Fluchtpunktperspektive

Solang dich dein Vernünfteln lenkt,
dir Frohsinn nicht, doch Glauben
an die Kraft der Überwindung schenkt,
magst du dir wohl erlauben
erhobnen Haupts des Wegs zu ziehn,
dem Dunst der Neigung zu entfliehn. –
Dem Geist der Einheit ach so fern –
betrügst du deinen eignen Stern.

Jenseits der Strenge

Ach, in diesem Welttheater
spiele nicht den Übervater
eiserner Gesetzeshüter,
nicht den Nörgler, nicht
den Brüter
einer lebensfremden Weisung.
Ahn die großartige Verheißung,
die sich auf des Lebens Fahrt
deinem Innern offenbart.

Nicht ausweglos

Wenn das Leben dich entmachtet
und – vom Zahn der Zeit verachtet –
das Geschick zum Unheil wird,
wachse aus der Kraft der Schranken
über dich hinaus – geführt
zu den Flügeln der Gedanken.

Weisung

Wenn dir bleiern schwer das Leben
zu vergessen, zu vergeben,
zu verzeihen nicht erlaubt,
lasse dein Gemüt gesunden
am Gedenken jener Stunden,
denen die Erinn'rung glaubt.

Planet der Wandlung

Schöpferkraft der alten Erde,
ihres Blühens Stirb und Werde,
ihres Meeres Abendsonne –
Zauber, Glanz verborgne Wonne –
wenngleich geschwächt durch
jene Kraft
des Sturms der dunklen Leidenschaften,
trotzt dem Angriff, trotzt dem Toben
des Orkans, trotzt dem Tornado,
Hurrikans zerfetzten Roben. –
Ins Vergehn, Entstehn verwoben,
besiegt sie jedes
Eldorado.

Abwege

Mag dir dein Tagwerk auch gelingen,
liegt's dennoch wirklichem Vollbringen
fern – wenn, verstrickt im Ego-Trip,
ein zwanghaft Anvisiern der Klippe
zum Gipfelstürmen sich erdreistet. _
Bei allem, was der Mensch so leistet,
verwehrt des Ichs besessne Gier
nach Ruhm und Macht
den Weg zum Wir.

Ars vivendi

Im Leben die Balance zu finden
und über alle Jugendsünden
hinaus das Gleichgewicht zu wahren
und Ausgewogenheit in Jahren
der Reifung letztlich zu erreichen
ist eine Kunst, die ihresgleichen
im Umgang mit den Künsten findet,
vom Geist der Harmonien kündet.

Quelle der Kraft

Die negativen Energien –
sei's Wut, sei's Hass – sie ziehn vorüber.
Das Bleibende, das nicht entfliehen
wird, dein Leben hoch und über
des Alltags Kleinlichkeit erhebt,
den Geist beflügelt und belebt,
ist jener jugendliche Schwung
lebendiger Erinnerung,
die in dir atmet, wirkt und schafft,
zur Hoffnung wird, zur Lebenskraft.

Gedichte

um die Jahreswende

Wintersonnenwende

Fern dem Lichte, seinem Glanz –
Leben? – Ach, verloren
glaubst du dich – allein zur Ganzheit
nimmermehr erkoren.

Dunkelheit versiegelt Pforten;
bleich scheint der Korona Kranz.
Stolpernd ziehn dich Stufen fort –
Wehmut, kahl geschoren.

Trotze ihm, dem Fluch des Banns –
und du steigst empor, dem Ort
der Mitte zu, aus dem das Wort
zu neuem Licht geboren.

Rück-Bindung

Dort wo Zombies, fern von
freiem Willen,
theorieverdächtig Lücken füllen,
Tradition – gestylt zur Weltanschauung –
ins Bedeutungslose der Erbauung
fallen lassen, turnt in staub'ger Ecke
das Kind im Zeitenmüll –
bleibt auf der Strecke.
All die großen ungelösten Fragen
wuchern zum Orkan – verbannt
zu Tagen
der Erinnerung – der Großhirnrinde
nicht zugänglich. – In deinem innren Kinde,
das dort in Krypten tief dir treu geblieben,
sind Pfade dir des Hoffens
eingeschrieben.

Zur Jahreswende

Ach, es ist an diesen Tagen
immer wieder Dank zu sagen –
fern von Zweifel, von Zerwürfnis –
dir Gebot, ja, dir Bedürfnis.
Dank der Freude, Dank dem Leben,
all dem, was das Glück gegeben.
Dank dem Regen, Dank der Sonne,
Dank der hohen Schöpfungswonne,
der Beweglichkeit, der Rast,
allem, was das Sein umfasst,
Dank der Echtheit: der Begegnung –
ihrer Weihe, ihrer Segnung. –
Schau sie an, die Welt – und unter
deinem Blick geschehen Wunder.

Grenzgänge

Der Erkenntnis stolzes Spiel
zieht auf seine Seite
dich. Ein unbeugsamer Wille
gibt dir Kraft, Geleit.
Denken, Wollen, Handeln, Fühlen
sagen dir: gesunde!
Neuronen, die das Ich umhüllen,
führen dich zum Grunde
des Bewusstseins; und du stehst
betroffen und nicht frei von Frust,
wenn kühler Regen dich betaut
und du erneut erkennen musst,
dass alle Wege, die du gehst,
letztlich auf Wissen nicht gebaut.
Vertrau dem, was dich in die Welt berief:
dem Unfassbaren – dort in Krypten tief.

Ein umwerfendes Geschenk

Ideen – von Anregung gar fern –
leben auf isoliertem Stern.
Das Hirn lag brach, der Kopf war leer;
die Auswahl fiel noch nie so schwer
wie bei diesem Geschenk nach Wunsch.
So bin ich letztlich auf den Punsch,
auf einen Mix nach freier Wahl,
gekommen. 's war ein schwerer Fall,
der mich zu dem Entschluss bewegt'.
Das Material hat angeregt,
dort im Spezialgeschäft nach Stollen
von imprägnierter Seide wohl
zu schaun. Luftundurchlässigkeit,
'ne platte Quaderform mit breitem
Rand, versetzt mit Plastikrahmen –
Bestimmungen, die keinen Namen
verraten für ein solch Gebilde. –
Der Füllung eigenes Gefilde
hat wohl seinen besondren Reiz.
Nicht Sparsamkeit trieb mich noch Geiz,
als ich die Auswahl da getroffen,
C4 dann wählte. Man kann hoffen,

dass Batterien – gleich kleinen Elfen –
dem Vorgang auf die Sprünge helfen.
Und also – lautet die Belehrung –
bedarf es nur noch der Beschwerung,
auf dass durch die Veränderung
des Materials mit kühnem Schwung
das Potential der Ionisierung
die Kalorie zur Star-Liierung
führt, mechanisiert Gedärme
im 'Fiat lux' ersteht als Wärme –
gleich einer schöpferischen Handlung –
so jenseits aller Rückverwandlung.
Bei zirka sechzig Kilopond
pro Quadratzentimeter kommt
das Ganze schon direkt in Fahrt,
wenn man nicht an der Kanne spart:
zehn Zentimeter Durchmesser,
Gewicht fünf Kilo – keine bessere,
wirksam're Detonation
ist einleitbar. Der Mühe Lohn
ist dir gewiss: es kommt zum Knall –
„Platz', Deckchen!" – sechse an der Zahl.

Prosit!

Ein Geschmacksrätsel

In guten wie in schlechten Tagen
erquickt es das Gemüt – vom Magen
aufgenommen ohne Scheu –
ein variierbares Gebräu.
Jedoch Substrat, Keim, Kern, Substanz
sind frei von allem Affentanz.

Wein ist es nicht – in allen Ehren –
er kann zu Essig gar vergären.
Die Babynahrung Milch – o nein! –
kann manchmal richtig sauer sein.
Kein leichtes Schicksal mag ihm blühn,
dem edlen Tee, denn er
muss ziehn.

Ganz ohne Sahne – ob er weiß,
ob schwarz, ob grün – ist er zu heiß.
Der Kaffee setzt sich; doch im Lauf
des Lebens hat er nicht viel drauf;

denn wenn die Weihnachtsglöckchen schellen,
fängt er direkt auch an zu bellen,
ganz kindgerecht und ungefährlich
als ‚Karo', langweilig, entbehrlich.
Dem Pharisäer samt den Leichen
im Keller mag die Hand nicht reichen,
wer immer da was von sich hält.

Es bleibt uns unterm Sternenzelt
allein das Bier aus einem Humpen;
das lässt sich ganz gewiss nicht lumpen,
ist freigiebig; zu seinem Ruhme
bekrönt 's sein Haupt mit einer Blume.

Der Bayer schlägt sich auf den Schenkel:
„Ist das en Humpen mit 'nem Henkel!"

Jenseits der Verfügbarkeit

Nicht durch Klugheit, Schläue, nicht
durch Wendigkeit des Denkens, der
Gedanken
reflektiertes Feuerlicht
wachsen Trauben, Reben dir
und Ranken.

Nicht durch Mut, durch Willenskraft,
selbst in Träumen lässt sich's
nicht erhaschen,
was dein Leben neu erschafft. –
Das Bedeutende will
überraschen.

Zwischen den Welten

Nicht nur das Produkt von Planung,
stolzer Kalkulierbarkeit
ist das Leben. – Fern der Ahnung
des Geheimnisses, das Zeit,
Fasslichkeit der Vielfalt, Räume
übersät und machtvoll Träume
zum Erblühen bringt, erscheint
die Dimension eindeutiger
Gestaltung,
die nichts betrauert, nichts beweint,
im Rampenlicht verstaatlichter
Verwaltung.

Versteckspiel

Die Maske, die dir Sicherheit verleiht –
sei sie aus Stahl geschmiedet oder gold-
farbendurchwebtem Seide-Samt bereitet –
Unangreifbarkeit oder der holden
Anmut Reiz und distanziertes Bildnis
spiegelnd – Traum aus schlichtem
Tugendkleid
oder aus Lebensdurst, gar ungestillt –
sie weist bewusst auf das, was sie bewirkt –
doch leider fern von dem, was sie
verbirgt.

Kontra hominem ex machina

Was du bestritten, du erdacht,
was du an Örtlichkeit betreten
im Reich des Denkens, ungebeten
und von der Gegners Aug bewacht,
ist unbedeutend. – Theorie
ist Machwerk – austauschbar –
du selber nie.

Mens et vita

Mentale Anstrengung gelingt –
wird wiederum erblassen.
Denn was du fühlst, lässt sich bedingt –
nie ganz in Worte fassen. –
Du kannst dir einen großen Dienst erweisen:
das Leben als Geschenk
willkommen heißen.

Jenseits des Fassbaren

Ach, die wortereiche Leere,
die mir hilft, mich in der Welt erhält,
ist erloschen, treibt im Meere –
fern dem, was berechnet, wägt und zählt.

Ach, ich kann nicht sagen, was ich fühle.
All der lebenskluge Schein ist hin.
Wagnis – Abgrund – Lebensbrunnen – Kühle –
ach, ich weiß nicht, wer ich bin.

Dennoch muss ich stolz das Ich bewahren –
lügnerisch – in der verkehrten Welt;
darf und kann ich doch nicht offenbaren,
was mich auflöst – hebt ins Sternenzelt.

Poesie

Jenseits jeder Kontroverse
schmiedet Poesie die Verse
hoffnungsvoll zu neuem Sinn
lang ersehnter Einheit hin.
Sie erwächst zu Harmonien,
die den Kosmos neu durchglühen,
Städte, Länder, Völker, Rassen
und dein Ich, dein Selbst erfassen,
einverleiben in den Tanz
jenseits jeder Diskrepanz.
Und es schwingt die neue Erde
machtvoll künftigem
‚Es werde!' –
selig durch des Wortes Segen –
frei, belebt, beseelt entgegen.

‚Kontra'

Jedem Kampfgeist, neu geboren,
gehen Sinn und Ziel verloren,
wenn nicht – fern von Zeit und Frist –
tief in dir verwurzelt ist:
jenes Etwas, das begonnen,
lang' bevor dem Selbst entronnen,
was du als begrenzt, als Ich
erfährst, was – letztlich gegen sich –
dem Wissen fern als unterbelichtete
Kamera die Welt dort
richtet.
Willst du dem andern ‚Kontra' geben,
tu es im Spiel – vermeide es im Leben.

Januar

Musst Winter du und Kälte fühlen,
so weckt dich doch ein neuer Tag,
ein Mehr an Licht, das dich umspülen,
dir Aug und Sinn durchdringen mag.

Ein stetes Mehr, das dir die Sonne
täglich zu geben wohl bereit,
verbirgt den Keim der Himmelswonne,
den Anbeginn der Seligkeit.

Computer-Schach

Hier sitz ich wieder am PC,
stressfrei und gut gelaunt und wach,
der Himmel strahlend hell; ich seh
nicht einen Tropfen überm Dach.

Das Spiel, in das ich mich verfing,
ist öde – und ich brauch' nen Happen.
Von diesem seelenlosen Ding
lass ich mir nicht den König schnappen.

Enthemmter Optimismus

Führst du ein Dasein im Schatten,
so musst du es dennoch verwalten;
selbst nach dem erfahrnen Schachmatten
lässt Leben sich neu gestalten.

Wo immer sich Frohsinn in Frust
verwandelt, zum Trugbild der Sinn dir erstarrt,
hat dich die Moment-Aufnahme genarrt. –
Endgültig ist kein Verlust.

Geworfen sein

Der Verzicht im Hier und Heute
auf erfahrne Lebensfreude
trübt den Blick, erwächst
zur Mauer.
Trübnis bringt dich nicht ins Wanken;
denn dir bleiben die Gedanken –
und so wirst du zum
Erbauer.
Lebenslügen, all die frommen,
die dir in den Sinn gekommen,
schließen Augen vor dem Leid.
Ach, es sind nur Positionen,
die den Schmerz, das Glück
bewohnen –
Deutung deiner Wirklichkeit.

Im Zeitenspiegel

Deine Wohnung – sie ist ortsgebunden –
doch nicht nur – ist auch Produkt
der Zeit. –
Geschehnisse – sie sind dir unumwunden
Gesellschafter und dauerndes
Geleit.

Das, was dich formt und auf begrüntem
Hügel
stolzer Bejahung letztlich dir den Thron
entreißt, zum Fluch und Segen der Entlohnung
sich zusammenballt, bewahrt
das Siegel,
ist standhaft, schleicht sich nimmer mehr davon,
ist Wagnis, Ungewissheit, Zeiten-
Spiegel.

❑✦❑✦❑✦❑✦❑

Jenseits der Spiegelung

Reflexion allein ist kurz gefasst –
kann nicht zur Erkenntnis führen –
ist der Spiegelung gebetner Gast,
mag dir Sinn, Gemüt
verwirren.

Ist jedoch dein Wahrheitsanspruch groß,
kann sie dich nicht führen, leiten;
denn du weißt: sie stellt dich letztlich bloß –
was bleibt, sind die vertauschten
Seiten.

In dunkles Fluktuieren eingebunden,
tastest du dich vor an Land,
bis sie vielleicht dich glückhaft noch
gefunden –
die suchende verborgne Hand.

Endhirnprodukte

Friedenspläne und Debatte,
Fortschritt und Entgegenkommen
tönen in den Ohr'n, den frommen,
die mit Ohropax und Watte
sich den Nöten gern verschließen,
Theorien sich wie süßen
Bienenhonig einverleiben
und so herrlich kleben bleiben,
sich nicht lösen gleich dem Kinde –
fern der Wirklichkeit, dem Ganzen,
wortgewandte Walzer tanzen –
strampelnd an der Großhirnrinde.

Verfremdung

Worte sind es nicht – es sind die Taten,
die den Sinn, das Ansinnen verraten.
Worte dienen zum Verstecken,
wahre Absicht zu verdecken,
helfen scheinbar aus der Bresche,
sprudeln an der Oberfläche;
neblig, dunstig und verraucht
wird ihr Sinn entstellt, missbraucht.

Worte, dienstfertig, bereit –
klangvoll vom Begriff befreit,
schwingen jenseitig der Lüge
der Entartung Höhenflüge.

Worte wechseln ständig Shirt und Hemd –
ach, dem Wort des Anfangs gar so fremd.

Kritikbedürftig

Das Menschlein, das da rumgedruckst,
verlor'n, versunken im Morast,
ist menschlicher als ausgefuchste
Füchse, fern der Lebenslast,
die mit des Witzes wend'gem Worte
durch Tür und Tor, durch jede Pforte
sich einschleichen. – Wenn solch Agieren
zum Lebensglück des Könners führen
kann – erschlichen, nicht verdient,
dann bleiben Taten ungesühnt
und Trickser lauern an der Ecke. –
Der gute Mensch bleibt auf der Strecke.

Das Relikt

(in Anlehnung an Neumanns Position zur alten Ethik –
vgl. Erich Neumann: ‚Tiefenpsychologie und neue Ethik')

Sprache, gesellschaftsorientiert,
sie konstituiert dein Außenbild.
Ein aufgeblähtes Ego agiert,
das deine Dunkelseite verhüllt.
Die Leugnung des Schattens –
sie hat dich im Griff
und sie wird nicht gestatten
dem sinkenden Schiff –
dem Quäntchen der noch
intakten Person –
das äußere Bild vom Sockel,
vom Thron
zu stürzen, auf dass man nicht
ungeniert
sich mit peinlichem Innern
identifiziert.

Aliter

Wie sind doch die besten Gaben des Lebens
dem Pfeil des verstandesgeleiteten
Strebens,
dem Endprodukt ‚Großhirnrinde'
so fern.
Wie ist doch das Glück der glücklichen
Stunden –
dem Willen, der Tatkraft stets schon
entschwunden –
Geschenk von einem anderen Stern.

Ferne

Ach, es sind Milliarden Sterne,
die uns leuchten, aus der Ferne
locken, Riesen, Galaxien,
Weiße Zwerge am Verglühen.

Aus dem Staubkorn hoher Ahnen
formen sich Planeten-Bahnen,
tanzen kreisend Elektronen,
Quanten, die das All bewohnen,
und ihr kosmisch Ebenbild.
Wenn des Zentrums ungestillte
Schwarze Massen sich verdichten,
mag die Leuchtkraft nichts verrichten,
wird dann mit hineingesogen
in der dunklen Tiefe Wogen –
geht auf ungeahnten Wegen
dem Mysterium entgegen.

Nichts, was du gedacht –
kein Quant vergeht –
und ein Universum neu ersteht.

Auf Astronauten-Trip

Wo man Höhe nicht von Tiefe unterscheidet,
ist gewiss kein Ort, um den man dich
beneidet,
da Geschwindigkeit merklich der
Zeiten Wert
verändert und man letztlich doch nicht
unbeschwert
die Leichtigkeit des Seins entdeckt. –
Im Raum
erscheint sie dir – die Erde –
wie im Traum.

Blick in die Zeit

Gerade noch dem Auge sichtbar,
zeigt es sich am Sternen-
himmel. Das entrückte Licht –
als Fünkchen aus der Ferne
grüßend, lässt die große Schar –
Gestirne der Andromeda –
erahnen. Denen, die da schon
erloschen, öffnen Blicke Räume weit.
Fernsten-Sehnsucht wird zum Lohn;
betroffen atmet sie Unendlichkeit.

Wer in den Raum blickt,
der erschaut die Zeit.

*

Der Witz

im stolzen
Metrum-Sitz

Der Eignungstest

Ein Mitarbeiter für den Aktenstempel ward gesucht. Mit Fakten
und Zahlen sollt' er umgehn können.
Personen, die bei diesem Rennen
sich da bewarben, wurden überprüft.
Bis zehn zu zählen, drüber
hinaus, wenn's geht, wurde verlangt –
wovor 's gewiss so manchem bangt'.
Der erste der Bewerber stellte
sich der Aufgabe und schnellte:
„Zehn, neun, acht, die Sieben dann,
sechs, fünf, vier, drei, zwei und dann
die Eins." – „Das ist ja schön und gut;
doch können Sie, wie man's so tut,
auch vorwärts zählen?" – „Kann ich nicht,
hab bei der NASA mitgemischt;
da hat man rückwärts nur gezählt." –
„Nicht geeignet." – Angestellt
vorn in der großen, bunten Reihe
hatte sich Bewerber zwei.

Als es nun ans Zählen ging,
hört' man „eins, drei, fünf, die Sieben, neun,
zehn, acht, sechs, vier, zwei." – „O nein,
können Sie nicht richtig zählen?" –
„Nein, ich hatte eine Stelle
bei der Post. Die ungeraden
kamen dran, dann die geraden
Nummern." – „Ja, wir danken schön;
auf nimmermehr – kein Wiedersehn! –
Wo bleibt er denn? – Der Nächste bitte!"
Es war der Kandidat, der dritte,
der sich zunächst im Haus verirrt',
gemächlich dann hereinspaziert'. –
Die Probe von der Eins zur Zehn –
die konnt' auf Anhieb er bestehn. –
„Das überrascht, das ist ja toll!
Und können Sie am Ende wohl
noch weiter zählen?" – „Was für 'n Spaß!
Klar! – Bube, Dame, König, Ass!"

Die Schlussfolgerung

Wie immer saß Hans Schmitz besoffen
im Wartezimmer rum. – Betroffen
war davon wirklich keiner mehr.
Ganz fern von Zielsetzung, von Ehr-
geiz, Auszeichnung und Pipapo
hatt' er sich diesen großen Floh,
dass Leben von Erfolg gekrönt
sein müsse, ungeschönt
existentiell schon abgeschminkt,
als einst ihm das Vergnügen winkte,
Whisky sich und Schnaps zu kaufen
und gehörig zu besaufen. –

Als er nach dem letzten Koma –
fern von Frankfurt, fern von Roma –
nah bei Stuttgart, Sindelfingen
in der Praxis ‚Überlingen'
endlich wieder aufgewacht,
wurde er genervt – befragt

bezüglich seines Alkohol-
Konsums. – „Ich fühl mich pudelwohl",
sagt' Hans. „Ich wüsst nicht, was mir fehlt." –
„ O ja, das ist ein weites Feld –
dem Alkohol die Stirn zu bieten" –
sprach der Arzt – „verlangt Entschiedenheit
und einen starken Willen.
Wenn Sie das Bedürfnis stillen,
sich der kranken Sucht ergeben,
werden Sie nur so lang leben,
bis Ihre Welt zusammenstürzt –
was Ihre Lebenszeit verkürzt.
Das müssten Sie doch wissen!" – Drauf
nahm Hans dies nicht als Warnung auf.
„Das hab ich doch schon längst gemerkt,
ach, wie der coole Drink mich stärkt! –

Die Zeit will nie so g'schwind verlaufen
wie in der Dorfschenk da beim Saufen."

Sofort-Diagnose

Die Nymphomanin beim Psychiater
umschwärmt sofort den Übervater,
beginnt sich merklich zu erregen.
„Wenn Sie sich dann aufs Sofa legen,
dann schreiten wir sogleich zur Tat",
so spricht der Arzt. – Apart und smart
nimmt Phyllis diese Worte auf,
schenkt ihm ein Lächeln, sagt darauf:
„Wie schnell Sie wussten, was mir fehlt –
willkommen hier in meiner Welt!"

Die nicht eindeutige Frage

Ein junger Mann, schlank von Gestalt,
knapp fünfundzwanzig Jahre alt,
war flott und lässig angezogen,
sein Kleidungsstil zurechtgebogen
auf Party-Look. – Jenseits der bangen
Last des Lebens schien sein Gang –
gemächlich, locker, selbstbewusst,
befreit von jedem Alltagsfrust
und Blick auf die Karriereleiter. –
Da stand ein neuer Mitarbeiter,
grad so entschlüpft den Lehrlingsschuhen.
Den Sunny-Boy befragt' er nun,
seit wann er bei der Firma denn
schon arbeite. – Der Lifestyle-Fan
blickt' amüsiert, charmant, vergnügt;
man sah ihm an, dass er nicht lügt,
das Schwindeln gar nicht nötig hat. –
„Seitdem mein Chef, Herr Nimmersatt",
so fiel dann seine Antwort aus,
„mir androhte, ich flög sonst raus."

Die Frage aus der Chef-Etage

Gar merkwürdig ist jene Frage,
die auf der obersten Etage
der ausgefuchste Senior-Chef
dem Angestellten stellt. – „Na, Steffen,
glauben Sie an ein künft'ges Leben
über den Tod hinaus?" – Soeben
schon schaut verdutzt Herr Steffen Schwalles
und bejaht. – „Das sagt ja alles." –
antwortet der Chef. „Nachdem
ein Frei Sie gestern ungezähmt
verlangten zur Beerdigung
des Vaters, sah man voller Schwung
den alten Herrn mit Stock, Zylinder
hier im Haus, der sich nicht minder
ob Ihres Fehlens kühnem Grund
gar wunderte zu dieser Stund."

Das Bewerbungsgespräch

Im Hochhaus, rechts neben den Häuserblock,
ist eine Firma in dem zwölften Stock
grad neu gegründet worden. Einen Sperber
zeigt das Wappenzeichen. – Die Bewerber
sitzen da, gestiefelt und gespornt,
rücken bedachtsam vorne an die Front.

Allein Bewerber Nummer hundertzehn
fällt auf durch allzu selbstbewusstes Gehn,
ja besser: Schreiten. – „Nun, Ihr Fachgebiet?
Was können Sie?" – fragt der allseits beliebte
Personalchef. – „Gar nichts", schaukelnd, locker
bewegt sich der Bewerber auf dem Hocker. –
„Das tut mir aber Leid – o Mann,
was schlägt das Wellen! –
Die sind schon alle weg –
die gut bezahlten Stellen."

Beim Vorstellungsgespräch

Der Chef war fix und fertig – keinen wundert's –
ihm gegenüber saß die Nummer hundert:
Tim Grey bei einem Vorstellungsgespräch.
Der grinste ihn nur an und fragte frech:
„Wie viel kann man bei Ihnen denn verdienen?" –
So einen Typus hatt' der Chef doch binnen
zwei Sekunden schon bereits durchschaut.
Er räusperte sich still und sagte laut:
„So ungefähr neunhundert Euro sind's." –
„Am Tag? – Wenn ich das wöchentlich als Zins
mir unterjubeln könnt' in meinen Ranzen,
dann bräucht ich hier nicht dringend anzutanzen."

„In welchen Dimensionen leben Sie!" –
entgegnete der Chef. „Die Summe – sie
ist keineswegs als Wochengeld verstanden,
als Tagesgeld ist sie nicht mal vorhanden
ganz oben in der obren Chef-Etage.
Neunhundert sind's im Monat. –
Noch 'ne Frage?" –

„Ich muss schon sagen – das ist aber wenig." –
„Manch einer fühlte sich gewiss als König,
wenn endlich er 'ne Stelle hätte. – Doch
in eines langen Lebens hartem Joch
belastet der Beruf am Anfang schwer.
Vielleicht wird die Bezahlung später mehr." –
So reagiert' der Chef, inzwischen munter,
und der Bewerber trieb es immer bunter
mit Worten. Schnuppernd an dem lila Flieder
sagt' er: „Ach – dann komm ich
später wieder."

Mit offenen Karten

Der gut aussehende, charmante Jan
sprach auf dem Flur den Chef ganz plötzlich an,
spontan und forsch und ganz ohne Umgehung
direkt zur Frage der Gehaltserhöhung. –
„Bitte, an meine Sekretärin wenden
Sie sich!" – so wimmelte mit vollen
Händen,
geschäftig und mit Akten überladen,
der Boss ihn ab. – „Ich hatte in den Staaten
mit ihr schon ein paar schöne Wochenenden;
jetzt muss ich mich an Sie persönlich
wenden."

Trick aus der Chef-Etage

Frau Dreifuß, die gewiefte
Sekretärin, sammelt' die Belege,
kannte im Bereich ‚Finanzen'
sich aus und auch bei den
Instanzen
des Rechtes, der Juristerei. –
Des tristen Tages Einerlei
verstand der Chef durch
coole Sprüche,
durch Flair aus der Gerüchte-Küche
mild zu würzen. – Einen Brief,
nicht dem Format gemäß – zu schief,
doch asymmetrisch elegant –
drückt' er Frau Dreifuß in die Hand.
„Ach, schreiben Sie" – er klang erbaulich –
„für alle Fälle: ‚Streng vertraulich'
darüber mit der roten Feder.
Dann bin ich sicher:
den liest jeder."

Die fürsorgliche Einschränkung

„Sie sehen so überarbeitet aus" –
sagt im fünften Stockwerk des Firmenhauses
der Chef zu seinem Angestellten. –
Die Augen von Martin Müller erhellen
sich. Strahlend, froh und erwartungsvoll
blickt er, der täglich über das Soll
hinaus gearbeitet hat, auf den Anzug
der Spitzenklasse, den Heinemann
trägt. – „Ich weiß, Ihr Gehalt reicht nicht,
um zu heiraten." – Genießerisch spricht
der Chef diese Worte gelassen aus.
„Doch eines Tages – ich sag es voraus –
da werden Sie, frei von Zweifel und Wanken,
bestimmt für diese Einschränkung danken!"

Um eine Antwort nicht verlegen

Andreas Pfeiffer mit drei F
trifft auf dem Flur den Firmenchef,
blickt ihm mit offnem Aug entgegen,
nicht schuldbewusst und nicht verlegen.
Er steht dazu, gesteht es laut,
dass er schon großen Mist gebaut.
Ganz nah vor seinem Angesicht
ergreift der Chef das Wort
und spricht:
„Andreas Pfeiffer mit drei F,
ich frage Sie hier als Ihr Chef:
Wie schaffen Sie's an einem Tage,
der Firma, dem Betrieb zur Plage,
auf einmal so viel falsch zu machen?" –
Pfeiffer verkneift sich fast ein Lachen:
„Ganz einfach, Herr Direktor Knauf,
ich steh halt morgens sehr früh auf."

Der umsichtige Sekretär

„Wir sitzen all in einem Boot. –
Den Jahresabschluss hier in Rot
zu schreiben rechtfertigt nicht diese
Stellung. – Nehmen Sie 'ne Prise
Tabak, schreiben Sie noch mal
ein jedes Wort und jede Zahl –
das Ganze – dieses Mal in Schwarz!" –

„Nein, Herr Direktor Bonifaz,
wir haben keine schwarze Tinte" –
so sucht der Sekretär gelinde
die Gründe seiner Handlung hier
kurz darzulegen. – „Sie sind hier,
um schließlich auch dafür zu sorgen,
dass morgen nicht und übermorgen,
sondern schon heute schwarze Tinte
im Hause ist." – „'s ist keine Finte –
's wird mit Gewissheit keinem hier gefallen:
wenn ich sie kauf, stehn wir
in roten Zahlen."

Der Stellenwechsel

Der Personalchef fragte den Bewerber:
„Wie lange waren Sie, Herr Meyer-Färber,
in Ihrer letzten Firma?" – „Knapp dreizehn Jahre
am Fließband bei der Herstellung von Ware",
entgegnet' dieser höflich und ausführlich. –
„Von den Bewerbern hoffe ich natürlich,
dass sie den Ansprüchen gewachsen sind.
Eins möchte ich noch wissen: Warum sind
Sie denn von Ihrer alten Firma
weggegangen?" –
„Man hatte mich begnadigt; mehr kann man
nicht verlangen."

Himmel und Hölle

An des Himmels hoher Pforte
stand einer, der nah am Worte
gebaut: ein Redner, Kritiker –
o ja, er war Politiker.
Da fragt' ihn Petrus auf die Schnelle,
ob er für Himmel oder Hölle
sich hier und jetzt entscheiden möcht.
„Ich will mir alles anschaun. Recht
ist's, wenn S' mir Harfen nicht und Geigen,
sondern zuerst die Hölle zeigen;
will dort mal nach dem Rechten sehn." –
„So wie befohlen, soll's geschehn" –
sprach Petrus. – In der Hölle unter
alte Bekannte mischt' sich munter,
voll Neugier der Potikus.
Mit Yachten und zum guten Schluss
mit Ozeanriesen, flotten Seglern
bracht' man den Sängern, Tänzern, Keglern
im Kreise da viel Abwechslung. –
„Ob auch im Himmel so viel Schwung
sein wird?" – Die Frage ward gestellt –

sie stand im Raum, und schon erhellte
sich die Nacht zum Glorienschein,
lud Wandrer in den Himmel ein. –
Beflügelt ward aus vollen Lungen
das ‚Luja sag i' dort gesungen.
's war ein Genuss – recht antiquiert.
Der Herr Politiker spaziert'
drauf grad'wegs in die Höll zurück.
Was war das? Flugs – an einem Stück
ward er auch schon hineingesogen
und rücklings durch den Schlamm gezogen.
„Das kann nicht wahr sein!" –
rief er aus.
„Das sah vorhin ganz anders aus.
Hier wird man ja mit Dreck befummelt.
Da hat man mich ja schön
beschummelt.
Wo ist die alte Hölle, wo?" –
„Ach, Herr Minister – time is going –
s'␣tät uns besser auch gefallen
in der Höll dort vor den Wahlen."

Nicht limitierte Steigerung

Im kleinen Dorf in Österreich
saß Moritz an dem kleinen Teich –
und wenn sich einer schlecht benommen,
da wusst er gleich ihm beizukommen:
„Weißt du denn nicht", fragt' er entrüstet,
„wer mein Urgroßvater ist? –
Er strahlte vor Intelligenz,
er war Minister. **Exzellenz**
ward er von jedermann genannt
und war bekannt im ganzen Land." –

Der Peter konnt dazu
nicht schweigen.
„Ja, weißt du, welcher Titel eigen
dem Vorfahr'n meiner Star-Verwandtschaft
dritten Grads war? – Die Gesandtschaft
diente ihm von früh bis spät,
dem Herrscher – seiner **Majestät**" –

Da kam die Gabi angewackelt,
stand plötzlich da wie angenagelt
und sagt', dass diese Prahlerei
doch gar nicht angemessen sei,
und unterstreicht in vollem Ton
der Überzeugtheit Position:

„Meine Tante – große klasse –
beinahe drei Zentner Masse
hat sie auf die Bein gestellt.
Einem jeden auf der Welt,
der ihr begegnet – ohne Spott –
entfleucht es:
,**Ach du lieber Gott!**'"

Die erfolgreiche Strategie

Ein junger Mann von neunzehn Jahren –
er war mit Herz und Hand und Haaren
Wissenschaftler. Leider musst
er sich entscheiden – was ein Frust! –
für Militär oder Zivil-
Dienst. – „'n ganzes Jahr weg –
das ist viel!" –
Man kennt ja Tricks in solchen Fällen –
er wollt sich vor den Hauptmann stellen.
Gedacht, getan; denn keinen hier
ging's im entferntesten was an,
was er so drauf hat, was er kann. –

Als man beim Militär ihn fragte –
was mächtig an dem Nerv ihn nagte –
da öffnet' er in seiner Lage
die Trickkiste mit einer Frage,
die er des öftern wiederholte.
„Ei, wo sin' se dann?" – „Was wollte
der Typ da mit 'ner solchen blöden

Frage?" – fragte man. Am späten
Abend sah man sonnenklar,
dass da ein Schräubchen locker war.
„Wir können Sie bei uns nicht brauchen!
Nicht mal für den Zivildienst taugen
Sie – Sie habe'n 'ne Macke!" – Dann
kam's wieder: „Ei, wo sin' se dann?" –
Es waren stets dieselben Worte –
bis man ihm endlich an dem Orte
das gab, was er dort vorgelegt:
seine Papiere. – In ihm regt'
verschmitzt sich leises Grinsen. Da
vernimmt man: „Ei, da sin' se ja!"

Mit reinem Gewissen

Es gab mal wieder viel zu tun.
Gelegenheit, um auszuruhn,
gab's nur noch in der Mittagspause.
Für Imbiss. Brotzeit, Vesper, Jause
hatt' man einfach keine Zeit.

Henry Matjes ging so weit,
dass er an einem solchen Tage
zu spät kam. – Auf die strenge Frage
des Chefs ging er doch gerne ein.

„Das darf doch wohl kein Vorwurf sein! –
Erst gestern sagten Sie beim Mittagessen,
die Zeitung solle ich
zu Hause lesen."

Die Quizfrage

„'ne Quizfrage steht noch zum Rätseln aus.
Wenn ich gewinn', verschönre ich das Haus",
sagt' Bauer Lembke zu der braven Gattin. –
„Ei zeig mir doch mal schnell die Frage", bat ihn
die Frau. – Er las: „Was sagt der arbeitslose
Akademiker Herr Sowieso
zum Akademiker mit Arbeit?" – „Weißt du's
nicht?" –
sagt' Frauchen – „einmal Pommes, bitte auf den
Tisch."

Einbruch mit Hindernissen

Ein Einbrecher, der eines Nachts
in einer Wohnung einbrach, bracht's
gewiss nicht weit. Als er gerade
neben der weißem Tür zum Bade
beschäftigt war an dem Tresor,
hört' er 'ne angenehm-sonore
Stimm', die sich erbarmt' des Falles
und deutlich sagt':
„Der Herr sieht alles." –

Drauf schüttelt' er den Kopf, betroffen,
und sah den Schrank einladend offen
stehn mit Schmuck und Wertpapieren.
Da wollte er sich doch nicht zieren.
Kaum packt' er zu, da war auch schon
die Stimme, der sonore Ton:
„Der Herr sieht alles" – und erschrocken
hob er sie auf, die teuren Brocken,
die er hatt' fallen lassen grade.

Dann folgte er dem Ton, dem Pfade,
bis er – hinter einer Mauer
versteckt – ihn sah im Vogelbauer:
den Papagei. – „Warst du das eben?" –
Da sprach der Vogel: „Habe eben
dich nur versucht zu warnen!" – „Wer
bist du, zum Teufel, wo kommst d' her?" –
herrscht' er erstaunt den Vogel an.
„Man nennt mich Moses." – Unterm Bann
des Eindrucks konnt der Mann nichts machen
als frei heraus befreit zu lachen.
„Was? – Moses heißt du? – Was sind das für Leut',
die ihren Vogel Moses nennen! – Heut
hab'n all 'nen Vogel." – „Leut' sind 's,
die hier pennen
und ‚**Herr**' den Rottweiler da draußen nennen."

Der Kamerad

Ein Mann, einsam, ist auf der Suche.
Sein Bemühen schlägt zu Buche.
Er findet einen Kameraden:
'nen Tausendfüßler, wohl geraten.
In einer Kiste trägt er ihn
nach Hause. Später fragt er ihn:

„Willst du mit mir ins Kino gehen?" –
Keine Antwort. – Es vergehen
zehn Minuten, und der Mann
hält fest an dem, was er begann.
„Willst du mit mir ins Kino gehen?" –
Wieder keine Antwort. – Sehen
wir nach zwei Stunden noch einmal,
wie dieser Mann in diesem Fall
entscheidet. – Er rückt nah heran,
brüllt in die Kist', so laut er kann,
Frequenzen: Töne – Tiefen – Höhen:
„Willst du mit mir ins Kino gehen?" –

„Ich habe dich von Anfang an verstanden,
ziehe mir nur grad die Schuhe an."

Wie das Leben so spielt

Zwei Männer, die am Ostseestrand
ihr Leben fristen, bis zum Rand
des öfteren in Schulden stecken,
treffen sich. – „An allen Ecken
sieht man dich, was machst du
eigentlich?" – „In einer Gärtnerei
arbeite ich" – antwortete da
der andere. – „Und Arnika,
was macht sie, deine hübsche Frau?" –
„Die putzt – und manchmal ist sie blau." –
„Und deine Tochter?" – „… ist Friseuse." –
„Das Leben ist ein riesen Käse
mit vielen Löchern. – Wovon lebt ihr?" –
„Na, davon nicht. – Mein Sohn doch
hebt mir
Kohle auf. Das ist famos. –
Zum Glück ist der ja arbeitslos!"

Paradiesische Erinnerungen

„Mein Mann hatt' mir in jungen Jahren,
als wir verliebt und glücklich waren,
ein traumhaft' Leben, zuckersüß,
ein Dasein wie im Paradies
versprochen." – „Hielt er sein Wort?" –

„Der Himmel ist uns Schutz und Hort;
der Apfelbaum steht da im Grünen –
und ich hab nichts anzuziehn."

Der Rückzug

Ein Blinder sitzt am Tresen in der Bar,
beginnt mit einem Witz: „Also, es war
einmal ein Bodybuilder"… doch sofort
fällt ihm der Barkeeper ins Wort:
„Ich möchte dich darauf hinweisen,
diskret,
dass hinter dir ein Bodybuilder steht
und links daneben auch noch einer sitzt,
auch ich bin einer. – Willst du deinen Witz
jetzt immer noch erzählen?" – Drauf der Blinde:
„Nein, den erzähl ich lieber meinem Kinde.
Ich habe keine Lust – in allen Ehren –
den Witz hier drei- bis viermal
zu erklären."

Peinlich

Ein Kellner, wirklich sehr beschäftigt,
bringt schnell 'nem Gast 'ne Suppe. „Kräftig,
gut gewürzt ist dieses Süppchen.
Ich als Ober hier im Stübchen
hab es Ihnen ja empfohlen."
„Hier, versuchen S' mal!" – Verstohlen
blickt der Kellner, muss die Order
abweisen. Auf solche Forderung
darf er ja wohl nicht eingehn.
„Lassen S' halt die Suppe stehn",
sagt er. „Hier hab'n S' 'nen
neuen Teller." –

Und wieder merkt enttäuscht der Kellner,
dass dieser Gast die Suppe nicht
einmal versucht. – „Probier'n Sie!" – spricht
der aufdringliche Gast erneut.

Der Kellner, endgültig bereit,
da mal genauer hinzusehn,
fragt dann: „Wo ist der Löffel?" –
„Schön!" –
ruft da der Gast, ist schon am Kiffen:
„Jetzt haben's sogar
Sie begriffen!"

Die berechtigte Frage

Heikel war die Situation. –
Kurz vor seiner Operation
wurde der Patient gefragt, wie groß
er sei. – „Eins-zweiundachtzig." – „Ganz famos,
ist etwa Durchschnittsgröße eines Mannes." –
„Ja, Herr Doktor. – Bin ich dran? – und kann es
denn gefährlich werden?" – „Jochen Heiner
heiß ich; bin kein Doktor, bin
der Schreiner."

Die Anzeige

Ostfriese Malte bei der Polizei:
er hatte seinen Dackel mit dabei
und meldete den Diebstahl seines Autos.
Er erklärt', er habe ganz genau
den Dieb mit seinem Wagen wegfahr'n sehn.
„Was haben Sie denn dann gemacht?" –
„Gestehn
muss ich, dass ich da nicht allein gelaufen
bin – war nämlich vorher einen saufen –
hab Fipsi losgelassen, der gebellt
hat, aber leider nicht den Dieb
gestellt.

Da hab ich Block und Blei geschnappt
und ungeniert
mir selbst die Autonummer ganz genau
notiert":

APRIL 1.4.

Wie kann man da nur fragen!

„Wo hast du deine Armbanduhr?
Du gehst doch sonst niemals auf Tour,
wenn du das teure Stück nicht trägst." –

„Wenn du's genau dir überlegst",
antwortet da der Sohn gelassen,
„ist sie auf Straßen nicht und Gassen
und nicht auf Bergen, nicht in Schlünden,
nicht in dem kühlen Grund zu finden –
noch nicht einmal in Tante Emmas stiller Klause.
Da sie ja immer vorgeht, ist sie schon
zu Hause."

Small Talk

Sandra und Lena sitzen im Café.
Sandra: „Wenn ich viel Kaffee trinke, steh ich ständig auf, oft noch nach Mitternacht, kann nicht mehr schlafen, eh der Tag erwacht." –

Lena: „Es ist gewiss verhängnisvoll – doch umgekehrt bei mir. – Sobald ich wohlig in den Schlaf, in Träume zu versinken drohe, kann ich nicht mehr Kaffee trinken."

Die drei Wale

Drei Wale treffen sich im Meer.
„Da plötzlich schwamm ein Rockstar her",
berichtet einer von den dreien;
„der war so voller Schnaps und Wein,
dass ich den Ozean für 'nen Bach
hielt und vier Tage noch danach
betrunken war. In diesem Element
man mich jetzt nur noch
‚Blauwal' nennt."
„Ich habe einen Held der Pop-
Musik verschluckt" – fing im Galopp
der zweite da mit Plaudern an.
„Seit sieben Tagen bin ich dran;
das setzt mir ganz schön zu, auwei! –
Er war bekifft – noch bin ich
high!"
Der dritte Wal: „Wo soll ich hin?
Ich hab 'ne Soap-Darstellerin
verschluckt, ich bin für nichts mehr
zu gebrauchen.
Sie war so hohl. Jetzt kann ich nicht mehr
tauchen."

Die Verkehrskontrolle

Ein Autofahrer, angetrunken,
in Emotionen tief versunken,
wird von der Polizei gestoppt.
„Wie kommt es, dass mich keiner lobt?
Ich bin doch grad so brav gefahren,
so langsam." – Gestik und Gebaren
verraten, dass der Mann
nicht nüchtern
ist, wenn auch ein wenig schüchtern.
Er wird doch wohl – als
Star-Tenörchen –
am Ende nicht in so ein Röhrchen
pusten müssen! Nein, das wär
zu viel an Kränkung seiner Ehr'! –

„Ich hatte doch, ojemine! –
nicht mehr als ein paar Tassen Tee."

„Was? – so viel Tee bei der geringen
Körperfülle –
das heißt ja: mindestens Eins-Komma-Acht
Kamille."

Der Musikstudent

Ein Studiosus mit Elan
und Schwung – beliebt, kam blendend an,
war sehr charmant und sah gut aus.
Doch fand er nicht das richt'ge Haus,
in dem als Mieter er willkommen
war. Als er diesmal angekommen
bei einer Wirtin, die – am Rand
bemerkt – ihn sehr sympathisch fand,
fragt' sie, was er im Schilde führe
und was er eigentlich studiere. –
„Musik" – war schlicht die Antwort drauf.
Die Wirtin fasste fest den Knauf
der Tür und ließ ihr Lächeln schwinden.
Man spürt', dass sie sich überwinden
musst, um – fern von frostigen Fragen –
nicht einfach ‚Lebewohl' zu sagen.
Ihr letztes Wort – es schien gesprochen.
Er soll' nicht an die Tür mehr pochen,
er habe zu viel Temp'rament,
sei – wie gesagt – Musikstudent.

Sie könne nicht – das sei entschieden –
an einen dieses Fachs vermieten. –
Der junge Herr, sie kühn beäugend –
argumentierte überzeugend,
sprach, dass sie weder Lärm noch Schall
noch Ton im Haus noch Widerhall
zu fürchten habe. Sein Klavier
steh' in der Hochschule, nicht hier.
Noch nicht einmal sein Geige-Spielen
wolle er sie spüren, fühlen,
hören lassen. „Wer bedrückt
sich fühlt, wenn ihn Musik berückt,
wer innerlich beginnt zu weinen,
muss im Herzen einsam sein" –
so lautete sein Kommentar. –
„Ich bin ein Mensch, der die Gefahr
im eignen Hause hier nicht duldet." –
Dass sie ihm hier Erklärung schuldet,
das wurde ihr bei ihren Worten
bewusst. – Fern von illustrierten Pforten
der wohl durchdachten Argumente
sprudelt's aus ihr heraus am Ende,
ohne Umschweife, direkt.

Betroffen, ziemlich aufgeregt
begann sie etwas klarzustellen,
das in die blauen, wässrig hellen
Augen ihr fast die Tränen trieb.
Ein Thema, das ihr gar nicht lieb,
ihr peinlich war, kam hier zur Sprache.
Sie druckst' nicht mehr herum, zur Sache
kam sie, begann in bunten Bildern
verschiedne Vorfälle zu schildern.
„Na ja, an 'nen Musikstudenten,
voller Witz und Temperament,
humorvoll, voller Übermut,
gut aussehend – nicht ganz so gut
wie Sie – haben wir schon einmal
vermietet. Hier wie überall
war sein Verhalten fröhlich, frisch
und sein Benehmen ‚*beethövisch*‘.
Dann wandelten sich diese Seiten,
und er begann sie zu begleiten –
unsre Tochter. Fern von Tisch
und Wohnhaus ließ sich ‚*mozartlich*‘
Seelennähe nicht vermeiden,
bis er sie über ‚*Bach*‘ und ‚*Haydn*‘,

nicht frei von ‚*Liszt*‘, am ‚*Händel*‘ trieb,
bevor er Songs und Singspiel schrieb.
Mir schmeichelt' er, wenn er ins Haus
kam und 'nen *Walzer-Platten-‚Strauß*‘
dann überreichte. Nicht mein Kind
allein – sogar ich selbst war blind.
   Er trieb es munter im Gelände
dem ‚*wagnerisch*‘ gewagten Ende
zu; sich zu ‚*brahmsen*‘ mit Vernunft
lag fern ihm. Dass wir Unterkunft
so blindlings leichtfertig gewährt,
hat uns gedemütigt, entehrt.
Denn wozu führt' das Ganze schon:
Jetzt haben wir 'nen ‚*Mendelssohn*‘.
   Das spielt uns allen übel mit:
wir wissen nit, wo ‚*Hindemith*‘.“

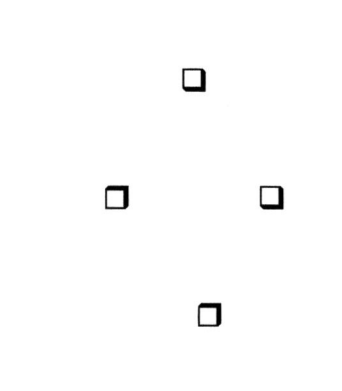

Kopf-Nüsse:

Zahlenrätsel,
Pythagoreische
Zahlentripel

Die Einladung

[1)]**H**err Freimüller ist umgezogen.
Die Wohnung scheint ihm wohl gewogen.
Acht Wohnungen umfasst das Haus.
Die Straße führt geradeaus,
obwohl sie ungewöhnlich lang
ist. – Ihm wird wohl
und gar nicht bang,
wenn er bedenkt – nach welcher Mode
der ausgetricksten Star-Methode
den Fuchs auf Raubzug er verwirrt
und gründlich hinter Licht geführt
hat. – Jetzt die Hausnummer
verschweigen –
besser noch preiszugeben ohne eigentlich
dabei die Unwahrheit zu sagen –
's beginnt in seinem Kopf zu nagen,
zur Kunst sich hoch zu stilisieren.
Er will ja keinen irreführen;
er liebt das Spiel, das dem Gebaren,
der Tüftelei wie dem Verfahren
des Wirtschaftsfachmanns ganz entspricht. –

Wann sind die Gäste denn in Sicht? -
Sie sollten sein System durchschauen,
am Spiel mit Zahlen sich erbauen. –

Die Freundin – Informatiker –
kein angepasster, artiger
Geselle, der dem feinen Ton
latenter Manipulation,
den Tricks und Raffinessen traut –
doch eigner Fähigkeit vertraut,
des Lebens Fahrt durch Berg und Tal
erspürt, ergreift, fasst in der Zahl. –

Visitenkarte – welch ein Knüller –
vergoldet – ‚Alberich Freimüller,
Bernstein-Allee' – repräsentiert,
was manch einen gewiss verwirrt,
dort, wo die Nummer stehen sollte,
'ne merkwürdige Zahlenfolge:
Dreimal die Eins, zweimal die Null,
dann noch 'ne Eins. – In welchem Pool
hat der Computer denn gebadet,
der so was ausspuckt! – Wie entartet
muss man wohl sein, an falschen Plätzen

'ne sechsstellige Zahl zu setzen! –
beginnt sich's hier und da zu regen
im Kopfe manch eines Kollegen. –

Allein Regina sieht das anders.
Sie ist verflixt gewieft, bewandert
und kennt des Freundes Schwächen,
viele,
vor allem die fürs Zahlenspiel. –
111001 steht ihr
vor Augen. – „Diesen Fummel hier
kann ich zu diesem Date gebrauchen –
am Abend dieses fesche Nichts
von einem Kleid. – Ja, vielleicht kriegt's
sonst keiner raus – seine Adresse –
außer mir" – so spricht mit kesser
Lippe sie und freut sich. –

Sag, würdest du der abendlichen
Einladung auch folgen können? –

Die Hausnummer ? ? –
Sonst bist du aus dem Rennen!

Der Mann
ohne Zahlen-Gedächtnis

2) Ja, Vater Hannemann hat es geschafft.
Es kostete ihn viel Arbeit und Kraft,
Kredit und Zinsen und Tilgung zu meistern.
Sein Konto-Gesamtstand konnt ihn begeistern,
als er am Morgen zur Naspa geschnellt.
Bevor man ihm gründlich die Launen verprellt,
bevor seine Kinder nach Hause kommen,
verärgert und wütend und mitgenommen,
da weder sie Mode noch Pferde-Sport
sich leisten können an diesem Ort,
in das die Familie hineingezwungen,
will Hannemann seinen schwer errungenen
Zaster – die Info – vor Zugriff sichern.

Sein Klein-Gehalt ist für manche zum Kichern,
die sich da in andren Regionen bewegen.
Um weitere Spargelder anzulegen,
will er nicht gerade mit Auszug, Belegen
bei seiner Familie hausieren gehn. –

Die Info vor Augen – es wäre zu schön –
am heutigen Tag ins Gedächtnis eingraben,
in anderer Weise notieren, vergraben,
die Unterlagen verstecken – wohin? –
Verschlüsseln! Das ist's. – danach steht
ihm der Sinn.

„Computer defekt, kein Rechner im Haus –
so ein Mist! – Ich frag mich, wie krieg
ich das raus?
Die *Zweiunddreißigtausendundsiebenhundertundsiebzig* – wie könnte sie aufgeschrieben
werden? Wie kann man die Zahlen chiffrieren,
auf Einsen und Nullen sie reduzieren?"

Für Vater Hannemann ist das zu viel.
Auf diese Weise kommst du ins Spiel.
Versetze dich nun in seine Lage –
fern von PC und von lästiger Frage –
nur mit dem Stift, dem Papier
zur Hand
und zieh die binäre Verschlüsslung
an Land!

Ein musikalisches Zahlenrätsel

[3)]Intervalle – reduziert auf
Schwingungszahlen –
stehen in Beziehung zueinander.
Ich streife kurz das Kontra-C; ich wandere
weiter – weiter bis zum höchsten C von allen,
die präsent: sieben Oktaven auf dem Flügel
sind's. – Die Schwingungszahl
des Grundtons zur Oktav
verhält sich eins zu zwei. – Öffne
des Rätsels Siegel:

Sag uns, wie sich das tiefe Kontra-C
zum Schlusston – C der oberen Oktav –
verhält. – Die Eins repräsentier' in diesem Fall
das Kontra-C. – Für's höchste C – sag an,
steht welche Zahl?

Das Hilfsmittel – ein alter Zopf –
sei einzig und allein der Kopf.

Musik und Zahl –
Nüsse zum Dessert

4)Zwölf Quinten sind's: von c nach g, von g
nach d, von d nach a, von a nach e,
gefolgt von e nach h, von h nach fis;
der weitere Gang, er werde dir gewiss,
wenn du den Quintenzirkel weiter hier
durchschreitest. – Wenn am Schluss
der Folge hier
du His erreichst beziehungsweise C,
sag uns, in welcher Relation es steht,
wie sich's zum Ausgangspunkt,
dem Kontra-C, verhält,
wenn's Grundton-Quint-Verhältnis
2 : 3 vorangestellt.

Bei Blatt und Bleistift greife gradwegs zu –
dem Taschenrechner gönne seine Ruh.

Pythagoreische Zahlentripel

Info

gegeben: rechtwinkliges Dreieck,
2 Katheten a und b / die Hypotenuse c

Katheten: Sie bilden des Dreieckes rechten Winkel.
Die **Hypotenuse** gegenüber
dem Winkel
entspricht quadriert, also als **c zum Quadrat**,
der Summe von **a zum Quadrat plus b zum Quadrat**.

Beispiele ‚echter Zahlentripel'

Kathete	Kathete	Hypotenuse
3 cm	4 cm	5 cm
5 cm	12 cm	13 cm
7 cm	24 cm	25 cm
9 cm	40 cm	41 cm
11 cm	60 cm	61 cm
13 cm	?	?

5)Schau dir genau (S. 113) die Werte an:
die jeweilige Größe der Hypotenuse
wie der Katheten.
Gib dann die fehlenden Werte an –
schau genau hin, du solltest dich nicht verspäten.
Und sollt dir nichts auffallen, sollt'st du's
nicht schaffen,
so brauchst du dich gar nicht zusammenzuraffen.
Betrachte – das schaffst du sogar noch auf Partys
und Feten –
die mittlere Reihe: den Anstieg der großen
Katheten.

Info + (bei Folgendem berücksichtigen!)

Die ‚echten Zahlentripel' zu schauen,
ein Vielfaches darauf aufzubauen –
kann durchaus ein ‚Rechner-Herz' erfreun.
Aus **3, 4** und **5** kann die **6, 8** und **10**
als ‚unechtes Tripel' nebst weitren entstehn.
Nur Stift und Blatt dürfen vorhanden sein.

Zum Einstieg

⁶⁾**B**ei Folgendem – leicht lässt sich's lösen –
kommt's auf Geschwindigkeit an.
Bewältigen ohne zu dösen –
zieh gar nicht den Bleistift heran –
's ist einfach – schau auf die Zahlen –
sie schaffen dir keinerlei Qualen.

Vierzehn Zentimeter lang
ist die kleine Kathete, fünfzig
die Hypotenuse. Vernünftig
ist es, die Zahlen
im Kopf einzuspeichern;
denn Training bedeutet
sich zu bereichern.
Bevor nun drei Minuten
begrenzter Frist
vergangen sind, sag uns,
wie lange die andre Kathete ist.

Tripel-Rätsel

7)**D**ie Hypotenuse misst
einhundertdreiundzwanzig
Zentimeter; die Länge
einhundertzwanzig Zentimeter
bestimmt die Größe der einen Kathete.
Die andre Kathete –
von ihr ist die Rede –
die sollst du bestimmen –
und zwar auf die Schnelle
durch Hirn-Jogging, Trimmen –
und zwar auf der Stelle!
Nun überlege,
bevor dich der Frust besiegt,
welches der ‚echten Zahlentripel'
den Werten zugrunde liegt.
Der Rückblick auf die Beispiele
(S. 113) ist erlaubt,
der Taschenrechner aber
ist nicht erlaubt.

‚Getripelte' Knobeleien

8) Du kannst, so ganz ohne dich zu genieren,
an vorigen Beispielen orientieren.
Es wird auf diese Weise dir leicht gemacht.
Du weißt: es ist diesen Spielen eigen:
der Taschenrechner hat still zu schweigen.

Da draußen hat sich ein Streit entfacht.
Da liegt eine alte Eisenschiene,
die *drei Meter* lang, eine weitere Schiene
im Winkel aufweist – als Senkrechte startend
mit *fünfundfünfzig* Zentimetern. –
Zu diesen gegebenen ‚Quasie-Katheten'
fehlt eigentlich nur noch die Hypotenuse. –
Verrat uns – den ganzen Zahlen zum Gruße –
wie viel auf dem alten Eisengerüst
das einzige, was da gar nicht vorhanden,
nicht durch Materialisierung entstanden –
da wohl die Hypotenuse misst.

9) **D**ieses Mal misst die eine Kathete –
schon wieder –
fünfundfünfzig Zentimeter.
Wie bieder
erscheint doch diesmal die Hypotenuse:
nicht mehr
als *einhundertdreiundvierzig* Zentimeter
gibt s' her.
Du kratzt dich am Kopf, du ringst
mit den Händen,
fragst dich: „Welch ein Tripel muss ich
verwenden?
Welch ‚echtes Tripel' liegt Vielfachem hier
zugrunde?"
So knoble und rechne, ergreife die Stunde.
Lass nicht deine feinen Zellen versauern,
beeile dich, ohne am Boden
zu kauern.

10) **D**iesmal ist eine – die kleine –
Kathete gegeben.
Angesichts jener Zahlentripel,
die dir bekannt,
überlege und ziehe zwei Beispiele
dir an Land.
Neun Zentimeter der jeweils kleinen Kathete
ist hier gegeben.
Ob es ein ‚echtes', ein ‚unechtes Zahlentripel'
auch sei,
bleibt dir überlassen. Du bist dabei!

Nun fass die Gelegenheit
beim Schopf:
als Hilfsmittel diene allein hier
der Kopf.

Für Knobler und Denker

11) **D**a ist ja hier was für Sophie und Suse
und auch für Tatjana und Käthe:
'ne *ein Meter* lange Hypotenuse,
gegeben ohne Kathete.

Ihr sollt euch nicht gleich
die Hände schütteln,
sondern die Werte zunächst ermitteln –
die möglichen Längen der beiden
Katheten.
Euch auch nur um drei Sekunden
verspäten –
das werdet ihr nicht. Eins liegt
auf der Hand:
ein Dreieck, das unmittelbar verwandt
mit den einfachsten aller
getripelten Zahlen. –
Die Suche aber beginnt zu gefallen,
wenn sie in Knobeln und Tüfteln
ausartet.

Zwei Dreiecke – unterschiedlich! –
Nun wartet
nicht allzu lange; es geht um die Zeit –
haltet bald die Zahlentripel bereit!

Doch wer auf den Taschenrechner schaut,
hat auf Hirn-Jogging gewiss nicht
gebaut.

‚Die Kopfnuss'

hard-covered

12) Wer an die Kraft des Denkens glaubt,
weiß, dass ‚Die Kopfnuss' nicht erlaubt,
den Taschenrechner zu verwenden.
‚Hard-covered' wird sie sich hier wenden
an ausgefuchste Tüftler, Denker.
Damit der Knobeleien Lenker
hier nicht auf falsche Gleise fährt,
sei diese Info dir beschert:
die einzig hier gegebne Zahl –
die in dem Spiel – in diesem Fall –
auf die Kathete ist bezogen,
ist manchem Tripel sehr gewogen,
da sie einmal als kleinere, als größre dann
in andrem Zahlentripel stehen kann.

Die ‚echten Tripel' bleiben schön zu Haus.
Vielfält'ge sind es – diese rechnet aus.
Na ja – der Sinn der langen Rede:

sechsundfünfzig Meter – die Kathete.

Die Kopfnuss mit Nachschlag

13) Schnapp dir 'nen Stift, 'nen Zettel;
es gibt hier kein Gebettel.
Der Taschenrechner bleibt tabu –
benutze deinen Kopf dazu.

Der riesigen Kathete Länge –
sie führe dich nicht in die Enge.
Gegeben ist hier die Kathete:
und sie misst *vierundachtzig Meter.*

Was dich auf richt'ge Wege lenkt:
die Beispiele, die wohl beschränkt
im Umfang, die du vorher hast
bearbeitet – erweitert hast. (vgl. S. 113)
Erinnre dich – dann sieht's gut aus –
ein echtes Tripel springt da raus,
das kannst du abhaken, verbuchen
und nach zwei weiteren Tripeln suchen.

Die beiden andren Tripel führen
dich hin zum Experimentieren.
Drum steh nicht tatenlos daneben –
unechte Tripel weck zum Leben.
Das Spiel wird keineswegs zur Qual;
vergnüge dich, spiel mit der Zahl!

‚Die Super-Nuss'

14)**B**edenk, das Leben ist beengt
und die Bedingungen beschränkt.
Das Blatt, der Stift – Kopf einverleibt –
das ist hier alles, was dir bleibt.

Die ‚Super-Nuss', die ist getripelt;
und wenn man dabei langsam tippelt,
dann kommt man nicht so schnell voran.
Ein jeder zeige, was er kann.
Drei Tripel gilt es – fern von Fixen
und Faxen – hier herauszutricksen.

Die *Fünfundvierzig* ist gegeben –
o ja – sie will die Welt erleben
als Harry, Mecky oder Suse
zum einen als Hypotenuse,
in andern Tripeln als Kathete.
Drei Tripel schaffst du – darauf wette
ich; jedoch das vierte ist
gespickt mit einer kleinen List.

Du musst dich, um den Kniff zu fassen,
erneut auf Beispiele einlassen –
die dir bekannten Tripel-Zahlen;
es könnte dir sogar gefallen. –
Sie lechzen vor Erheiterung
schon lange nach Erweiterung.

Es möge dieser Coup dir glücken –
ich werd dir beide Daumen drücken.

Die Super-Nuss mit Nachschlag

15)**P**apier und Bleistift sind bereit –
los geht's verliere keine Zeit!
Die ‚Sechzig' kann Kathete sein –
ein Vielfaches, fundierend auf
demselben Tripel – einmal klein
und einmal groß. Mit schönem Gruße
erscheint sie auch noch als Hypotenuse.

Nun suche nach *sechs* Möglichkeiten.
Die Vielfältigen soll'n bestreiten
das interessante Wechselspiel.
Ein ‚echtes Tripel' – nie zuviel –
könnt dir bei solchen ‚Tripel-Wahlen'
am Ende dabei auch gefallen.

Bei diesem Spiele – sei bereit –
geht es auch um Geschwindigkeit.
Der Erste, der die Tripel-Zahlen
mit der ‚Sechzig' laut uns allen
an ihrer richt'gen Stelle nennt –
der hat nicht seinen Sieg verpennt.

Die Super-Nuss für Unentwegte

16)**S**ag, konntest du das Vorige meistern,
so könnt 's dich hier und jetzt begeistern
zur nächsten Stufe aufzusteigen.
Bleistift, Papier, den Kopf – dir eigen –
hast du gewiss direkt parat;
so kann es losgehn mit dem Start.
Folgende Infos zu empfangen,
um zu der Lösung zu gelangen,
ist wichtig: 's liegt die *Hundertachtzig*
vor. – Die Klein-Kathete macht sich –
genau wie unter der Bedingung
gegebnen Werts die größre. Landgewinnung
zeigt dir – dem Wechselspiel zum Gruße -
wenn auch nicht viel in diesem Falle -
letztendlich die Hypotenuse.

Nun suche nach Vervielfachung
von echten Zahlentripeln. – Jung
erhält der Denksport dich. – Der Wert –
die **Hundertachtzig'** – er bescher'
am Ende der mentalen Reisen
mit Tripeln dich –
in *sieben* verschiednen
Weisen.

Lösungen

1) Hausnummer 57
2) 1000000000000010
3) 128
4) 129,75
5) 84 cm, 85 cm
6) 48 cm
7) 27 cm
8) 3,05 m
9) 55/132/143 = ein Vielfaches des echten Tripels 5/12/13

10) 9/40/41 = echtes Tripel/ 9/12/15 = unechtes Tripel

11) 100 cm = gegebene Hypotenuse;
Tripel: 60/80/100 und 28/96/100

12) 42/56/70 = Vielfaches des echten Tripels 3/4/5
56/192/200 = Vielfaches des echten Tripels 7/24/25

13) 13, 84, 85 = echtes Tripel, 35, 84, 91 = unechtes Tripel, 63, 84, 105 = unechtes Tripel

14) jeweils Vielfache bzw. unechte Tripel: 27, 36, 45 / 45, 60, 75 / 45, 108, 117 / 45, 336, 339 Vielf. v. 15, 112, 113 (Um letztgenanntes Tripel zu entwickeln ist die selbständige Erweiterung der Beispieltabelle S. 113 Voraussetzung.)

15) 60, 80, 100 / 45, 60, 75 / 36, 48, 60
(alle drei Tripel zurückführbar auf das echte Tripel 3, 4, 5)
60, 144, 156 / 25, 60, 65 (zurückführbar auf 5, 12, 13)
11, 60, 61 (= echtes Tripel)

16) 180, 240, 300 / 135, 180, 225 / 108, 144, 180
(alle drei Tripel zurückführbar auf das echte Tripel 3, 4, 5)
180, 432, 468 / 75, 180, 195 (= jeweils Vielfaches des echten Tripels 5, 12, 13)
180, 800, 820 (= Vielf. des Tripels 9, 40, 41)
180, 1344, 1356 (= Vielfaches des Tripels 15, 112, 113)
(auf die in Rätsel Nr.14 zu vollziehende Erweiterung der Beispieltabelle von S. 113 kann hier zurückgegriffen werden.)

Gedichte
in verschiedenenSchattierungen

Entstehungsjahr

Gedankenlyrik
Reflexion, Kritik und Läster-Ei
2011

Gedichte
um die Jahreswende
2013/2014

Der Witz
im stolzen Metrum-Sitz
2013

Kopf-Nüsse
Zahlenrästel,
Pythagoreische Zahlentripel
2017

Literaturverzeichnis

Lach doch wieder!
Geschichten, Anekdoten, Gedichte und Witze,
zusammengestellt von Helga Dick
und Lutz-W. Wolff,
Deutscher Taschenbuch Verlag, 1993, 18. Auflage 2011

Lach mit!
Das superdicke Witzebuch
Erwin K. Bödefeld Hrsg.
Knaur Taschenbuch Verlag

Ein Witz für alle Fälle
Dieter F. Wackel
Knaur Taschenbuch Verlag

Hanns G. Laechter
Der große Witze-Hammer
Heyne, München, Originalausgabe 2010

Paulus Vennebusch
ha.ha
Witze fürs Leben
2011, ars Edition GmbH, München

◆

◆

◆

◆

Die Autorin studierte Philosophie, Germanistik, Musik- und Religionswissenschaft in Frankfurt, Köln und Bochum und promovierte zum Dr. phil. an der Johann Wolfgang Goethe-Universität. Sie ist Gymnasiallehrerin a. D.

Aus der Feder von Undine Leverkuehn stammen auch die nachfolgend vorgestellten Bücher; gleichfalls erschienen im tredition Verlag:

Zur Novelle „**Im Labyrinth der Zeit**"
Anscheinend hat die körperlich und seelisch jung gebliebene, erfolgreiche Wissenschaftlerin Burga Freienfels ihr Leben in jeder Hinsicht gemeistert. Eine ihrem Alter gemäß zu erwartende Souveränität wird jedoch spätestens mit dem plötzlichen Erscheinen ihres alten Freundes Damon Abarrax infrage gestellt. Wer ist er? – Wer ist sie wirklich? – Wohin führt die ungewöhnliche Reise in den Tiefenzustand der Seele, der von beiden Besitz ergreift? – Leben Gegensätze in ihr, die unüberwindbar sind?

ISBN Taschenbuch: 978-3-7345-6607-3
ISBN Hardcover: 978-3-7345-6608-0
ISBN eBook: 978-3-7345-6609-7

Heitere, freche, nachdenklich stimmende Lyrik **„Für Weltenbummler und Lebenskünstler"** Der erste Teil des Buches enthält vorwiegend Landschaftsgedichte und Gedankenlyrik (u. a. auch Reflexionen über ‚Die fünf Beleidigungen der Menschheit'). Der zweite Teil besteht aus Gedichten auf der Grundlage von Fabeln (von Aesop bis Rudolf Kirsten). Humoresken und Witzeleien sind im dritten Teil in Metrik und Reim gesetzt und bilden den Ausklang.

ISBN Taschenbuch: 978-3-7345-9652-0
ISBN Hardcover: 978-3-7345-9653-7
ISBN eBook: 978-3-7345-9654-4

Das Vers-Rätsel-Buch
knobeln – tüfteln – denken – wissen
Ein pfiffiges Rätselbuch für jeden, der Freude an der
Faszination von Wissen, Denken, Knobeln hat. In kompakten
396 Seiten kann sich hier jeder nach Herzenslust austoben …
Die Thematik in Kurzfassung: Erkenne das Versmaß!
Spruchdichtung, Album-Vers, Sinnspruch, Kritik, Humor und
Läster-Ei – 888 Rätsel, Quizfragen, Denkspiele zu den
Bereichen Metrik, ‚Teekessel' bzw. Homonyme, Zahlenrätsel –
Grammatik, Erdkunde, Kosmos, Musik, Literatur,
Naturwissenschaft, Verschiedenes – Wortspiele, binärer Code,
schnelles Kombinieren, Binomen, Pythagoreische Zahlentripel.

ISBN Taschenbuch: 978-3-7439-2355-3
ISBN Hardcover: 978-3-7439-2356-0
ISBN eBook: 978-3-7439-2357-7